MÊME LES MONSTRES SE FONT COUPER LES CHEVEUX

FIXATIF

CRÈME
À RASE

SHAMPOING

CIRE
À
MOUSTACHES

MÊME LES MONSTRES SE FONT COUPER LES CHEVEUX

Matthew McElligott

Texte français de Marie-Andrée Clermont

Éditions SCHOLASTIC

À Christy et à Anthony, et aussi à Frank Hodge qui, pendant vingt-sept ans,
a ouvert sa boutique fidèlement à la pleine lune
pour que les monstres puissent entrer et prendre un livre.

Catalogage avant publication de Bibliothèque et Archives Canada

McElligott, Matthew

Même les monstres se font couper les cheveux / Matthew McElligott ;
texte français de Marie-Andrée Clermont.

Traduction de: Even monsters need haircuts.

Pour les 4-8 ans.

ISBN 978-1-4431-0606-1

I. Clermont, Marie-Andrée II. Titre.

PZ23.M326Me 2010   813'.54   C2010-903194-6

Publié pour la première fois par Walker Books for Young Readers,
une division de Bloomsbury Publishing Inc. (New York, É.-U.),
sous le titre *Even monsters need haircuts*.

Édition publiée par les Éditions Scholastic,
604, rue King Ouest, Toronto (Ontario) M5V 1E1,
avec la permission de Walker & Company.

5 4 3 2 1   Imprimé au Canada   120   10 11 12 13 14

Les illustrations ont été faites à l'encre, au crayon et à l'aide de techniques numériques.
Le texte a été composé avec la police de caractères Aunt Mildred.
Conception graphique de Nicole Gastonguay

© Sources Mixtes
Groupe de produits issu de forêts
bien gérées, de sources contrôlées
et de bois ou fibres recyclés.
www.fsc.org Cert no. SW-COC-002520
© 1996 Forest Stewardship Council
FSC

Mon papa est coiffeur pour hommes.
J'aime le regarder travailler.
Moi aussi, je suis coiffeur.

Cette nuit, ce sera la pleine lune.
Je vais devoir me coucher de bonne
heure.

Il est presque minuit quand j'entends
un toc toc discret à la fenêtre.
Vlad est là, qui m'attend.

Je saisis mon sac et je descends le long
de l'arbre. Ensemble, nous filons à
travers champs jusqu'à la ville.

Je n'ai pas la permission de sortir tout
seul de la maison.

Mais je ne suis pas tout seul. Vlad est
avec moi!

Nous arrivons bientôt dans la ruelle
derrière le salon. J'ai un passe-partout.

J'installe mon matériel. Le tonique en décomposition, le poli à cornes et la cire puante vont sur le comptoir. Je dépose le shampoing à la mouffette à côté du lavabo.

Je glisse la poudre lunaire dans ma poche, juste à côté de la brosse à emmêler. Me voilà prêt à commencer.

Igor arrive vers minuit et demi.

À une heure, le salon est déjà bondé.
J'aurai beaucoup de travail, cette nuit.

Avec certains clients, c'est tout simple.

Avec d'autres, c'est plus difficile.

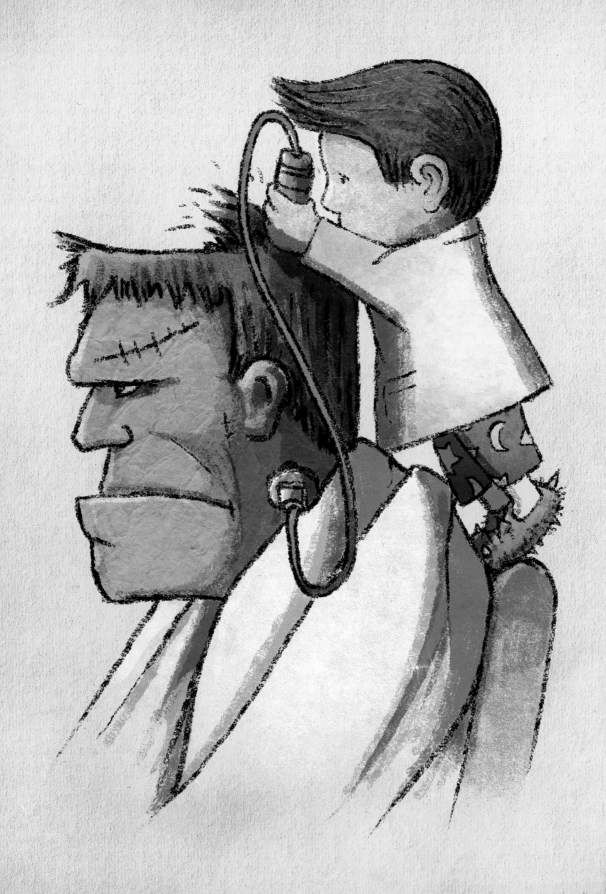

Il y en a qui demandent toujours la même coupe,

et d'autres qui essaient toujours quelque chose de nouveau.

Il y a des fois où je ne sais pas très bien ce que les clients veulent.

Les choses se passent bien. Tous les clients font bon ménage. Mais voilà que tout à coup... on frappe à la porte d'entrée! Personne ne frappe jamais à la porte d'entrée. Tout le monde sait qu'il faut passer par derrière. Qui est-ce donc?

C'est un client. Un client *humain*.
Jamais nous n'avons eu de clients humains.
Qu'allons-nous faire?

Personne ne bouge pendant que
l'homme se dirige vers le fauteuil.

Je suis nerveux. Jamais je n'ai été aussi nerveux
de toute ma vie. Et là, il me demande...

– Pourrais-tu m'en enlever un peu
sur le dessus de la tête?

Celle-là, elle est bien bonne! Tout le monde se tord de rire.

Le soleil va bientôt se lever et les monstres devront s'en aller. Allez, hop! Un petit coup de balai!

Il faut remettre les cadres à l'endroit et
éteindre les lumières.

Et surtout, il ne faut laisser aucune trace.

Quelques clients me raccompagnent
jusque chez moi.
Je leur crie :
— On se revoit le mois prochain !

Mon papa va bientôt se réveiller pour
aller au travail. Il doit s'occuper de ses
propres clients.

Après tout, même les humains se font
couper les cheveux.

LOTION VÉNÉNEUS

MORT DES CHEVEUX

POUDRE DE SQUELETTE

CRÈM PUTRI

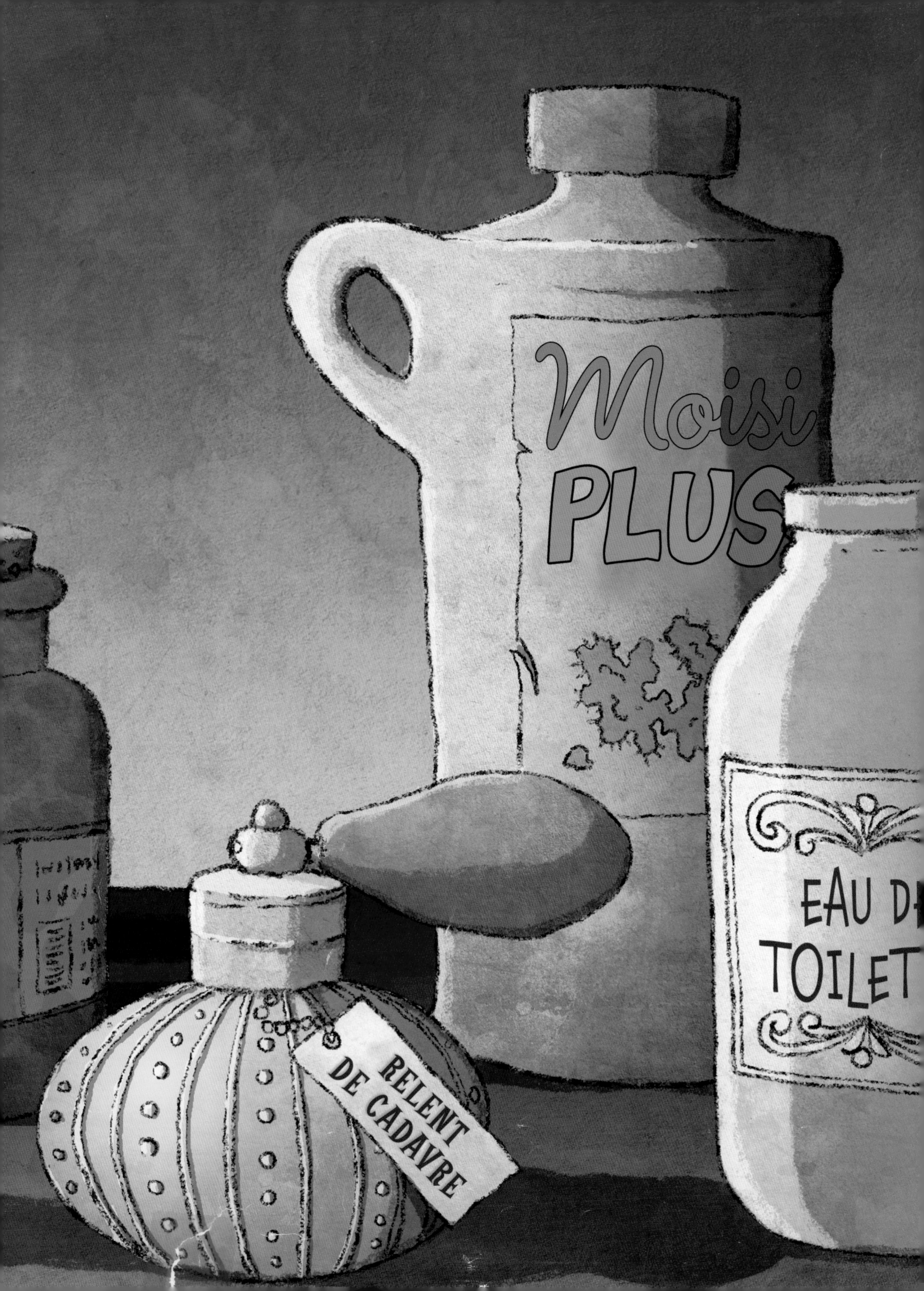
Moisi
PLUS
EAU DE
TOILET
RELENT
DE CADAVRE